# すばらしい日々

よしもとばなな

# すばらしい日々

# 目次

本文デザイン　鈴木成一デザイン室
本文写真　　　潮千穂

# きらきら

人それぞれ対応は違っても、日本にいる人は多かれ少なかれ、みんなが放射能のことを気にしている。

それは正しいことだと思う。

実際計ってみると数値は高いのだし、野菜をよく洗ったり、飲み水に気をつけたり、発表されたデータをしっかり見たり、そういうことは必要なことだと思う。

気にしないでなんでもやっちまいな！　も違う気がするし、神経質になって常にマスクをしてるのもなんだか違うように思う。

自覚的にそして具体的に対策をして、そうでないところでは心を自由にする。仕事などの事情で移動ができない人はただそうするしかないと思う。

うちの子犬は二〇一一年の三月以降に生まれている。

埼玉の犬だからきっとそれなりに被曝《ひばく》しているんだろうな、と思う。お母さんのお乳にも、ごはんにも、土にも、それなりに震災以前よりもうんと多くの放射性物質が含まれていたんだろうな。

そう思って、排出にいいとされている昆布やきのこやビール酵母を食べさせる、それはお母さんであるところの私の仕事。自分のほんものの子どもにもそうやってできることをしているし、子犬にもなるべくすくすく育ってほしいから。

あとはもう心悩ませないで、毎日を精一杯生きよう、と思っているつもりだった。かなり心は明るいはずだった。

しかしそんな私も、この世に来たての子犬には全然負けていた。

子犬はやっとワクチンの注射も終わり、散歩に出てもいいよ、という時期がやってきた。日本はきれいな秋の季節、空が高く、風は涼しくていくらでも歩けるようないい気候になっていた。

子犬は、ひもが体にからんでしまうくらい毎歩いちいちとびはねて「わーい！」という声が聞こえてきそうなくらい。

目の前をひらひらする蝶を見ても、ゆれる緑の葉っぱを見ても、風が吹いてきても、車が通っても、犬が通っても、おじいさんが通っても、乳母車が通っても、目をきらきらさせていちいち私を見上げる。楽しくて楽しくてしかたない、どうしてこんなに世の中っておもしろいの？　なんでこんなにきれいだったり、どきどきするの？　こんな楽し

いことがあるなんて、信じられない、なんで生まれてきたことってこんなに楽しいの？

そう言っているとしか思えないくらいに、嬉しそうなのだ。

なんだか尊敬の気持ちがわいてきた。

悪かった、そうだ、この世の美しさが消えたわけでもないのに、対策をするのとこの世の美しさをたたえて幸せを感じるのは全く別のことなのに、世界よごめんなさい！　私も嬉しいです、今日も生きていて、きれいなものをたくさん見ることができてほんとうに嬉しいです！

と、子犬といっしょにきらきらした目で空を見上げて、遠い上のほうにいるはずの大きなだれかさんに言いたくなった。

# すごいやつ

震災のとき、いろんな懐かしい人の顔を思い浮かべた。

だれひとり元気でいてほしくない人はいなくって、そんな自分にほっとした。

その中に、麻子の姿がふと浮かんだ。きっとあいつなら元気だろう、そう思った。そう思ったら、なぜかくすくす笑えてきてびっくりした。

麻子はなんだか知らないけどいつも上機嫌なやつだった。

小学校も同じだったが中学のときに突然に仲良くなった。とにかくこだわりがなくて、美人だけどがっちりしていて、なぜか江戸っ子の男言葉でときどきしゃべる変な女の子だった。

私の家の小さな屋上から麻子の勉強部屋が見えるということがわかったのが、急激に親しくなったきっかけだった。夜屋上に上って星を見ていると、闇の中でぽつんと明るい窓から麻子が手を振るのだった。ふたりで別々の宇宙船に乗って挨拶《あいさつ》してるみたいな変な感じがした。

麻子の家に遊びに行くと美人のママがいつでも優しくもてなしてくれた。うちの母ちゃんは怒るとこえ〜んだけど、いいやつなんだよなあ、と麻子は照れながら言った。

勉強したり昼寝したりいろんなことをいっしょにしたけど、彼女はいつも明るくて、疲れていれば「わり〜けど今日は疲れてるから寝るわ！」とただ笑顔で帰っていった。

あまりにもシンプルで心によどみがない彼女と、高校生になって恋愛なんかして複雑になってしまった私はいつしかあまり遊ばなくなり、さらに私が引っ越してしまったので、すっかり縁遠くなった。

私が作家になって一人で仕事部屋を借りたとき、麻子から電話が突然にかかってきた。

「おい、うまいことやったなあ、よしもと、おめでとう、ほんとうに作家になっちまったな」

って三十近い女の言葉遣いとは思えない、変わらない声があった。その声が笑顔から発せられていることだけはすぐにわかった。

「今、どうしてんの?」

私は言った。

「いや〜、失敗しちまってさ、結婚したんだよ。すっかりだまされちまった、子どもができちゃってさあ、まあしょうがねえな、こりゃ」

すごいやつ

麻子は言った。後ろで赤ちゃんの声がしていた。

すごいなあ、こいつ……と私は思った。

私がいろんなことをしてる間に、ずっとこのハッピー感を崩さなかったんだなあ。

その電話を切ってからも彼女には会っていない。

でも、一度思い出して以来、震災でいろんな人がいろんな反応をしてるときに、なんだか彼女が浮かぶのだ。今、世界には麻子が、麻子のようなものがきっと必要なんだと思う。

中学校時代のひとときをいっしょに過ごし、ただ笑いあって、けんかも一回もしないでなんの引っかかりもなく別れただけの人なのに、こんなに長い間人の心に残り救うなんて、なんて偉大なやつだろう。今になって彼女の偉大さがわかった私、複雑で深刻なことがいいんだと思っていた若き私。もっと麻子といればよかったな、と思う。

# 悲しい作業

行く道があれば、戻る道もある。

戻る道のことって、行くときはもちろんあんまり考えない。

でも、必ずある。だって行ったんだもん。戻り道はどんな道かわからないけど、必ずあるんだと思う。

夫婦だって、結婚するときはいいけど、そのあとは別れるか死に別れるまでずっと戻り道と言えなくはない。

だから戻り道を未知の道にするくらいしか、できることはないと思う。

できれば景色のいい道で。

つまり、ポジティブシンキングをがんばるのではなく、なるべく日々をハッピーでいることしかないんだと思う。自分を不幸にするのは自分の責任だから。

ついに区から「あなたの愛犬は今年の狂犬病予防注射を受けていません」というはがきが来た。

そりゃそうだ、だって四月の狂犬病予防注射の時期よりも前に、死んじゃったんだもの。

夫が言った。「お年寄りの死亡届出さないで年金をもらっていた事件……あれってこういうことなんだねえ、もしかしていつまでも生きてることになるかなあ、三十でも四十でも」

犬は年金もらわないし、それはそれでいいのかも。

でもまあ、区役所へ行った。

先代と同じ種類の二代目の子犬が、しっぽをふって見送ってくれた。

この子の中にあの子はいる、そう思って玄関を出た。

思わぬ重さで、一歩一歩足が重くなる。

あの朝、私はほとんど死にそうな愛犬の背中に顔を埋《うず》めて泣いた。

「ゼリちゃんがいないと、だめなんだよ、まだ死なないで」

そう言ったら、私がもういいっていうまでとにかく死なないでいてくれた、あのような強い約束を、人は人と交わせるだろうか？

言い訳したり、期限を切ったり、こうしてくれるなら守るっていう約束ばっかりしてるのが人と人だ。

そう思うと、人のほうが犬よりも下等だと思う。賢いから考えてしまうのではない、ずるいんだと思う。

区役所では、いつものように、お年寄りがわからない様子なのが見えていてもわざと説明しなかったり、引っ越してきたばかりの人がなんとなく後回しにされたりする場面をいっぱい見て、悲しくなった（それはいつものことで、きっと東京の人は毎日忙しすぎて、不思議な意地悪さで人に対して意地悪になってしまうんだと思う。かわいそうになあ、とだけ私は思う）。

最後に、気持ちのない声で係の人が言った。

「これで全て終了です、おつかれさまでした」

それでもやっぱり私と愛犬の思い出の命は、終わりはしなかった。

いつもいっしょに歩いた道を、てくてく帰る。

あの犬との無限の思い出がつまっている私の人生だって、もう折り返し地点だ。私が死んだら、思い出もみんななくなっちゃうのかな？

いや、そんなことはない。どこかにきっとそのまま残っているのだ。

だからこそ、戻る道をていねいに、ていねいに生きていこう、そう思った。

# 心のおばあちゃん

年に一度そのおばあちゃんをたずねるとき、少しドキドキする。

私の両親は八十代で介護状態。機嫌が悪いときもある、ぼうっとしていてあまり話してくれない日もある。

前に住んでいた場所でとてもよくしてもらったそのおばあちゃんは両親より歳上。どんな姿になっていても、おかしくはない。

会っていない一年の間に、ケガや病気をしたりして、寝たきりになっているかもしれない。そう思って、行きの車の中では少し苦しい気持ちだった。

でも、玄関の戸を自分であけて、おばあちゃんは出てきた。

「あら、元気そうで、あんたは変わらず若いねえ！　お父さんとお母さんはどう？」

あまりよくないです、と私が言うと、

「あらそう、でもいいんだよねえ、生きててくれるだけでいいものなんだよねえ」

おばあちゃんは私の手をぎゅっと握って、にこにこしてはっきりした声でそう言った。

自分が泣きそうなのにびっくりした。

ほんとうは人間ってこういうものなんだ。

この人が奇跡なんじゃない。

たまたま私の両親はそうではなかったけれど、別に悪いことじゃない。

ただ、私の両親はつもってきた自分の人生の重さをもう背負えなくなってしまったんだ、そう思えた。

おばあちゃんの子どもたちや孫は、なぜかほとんど日本にいない。となりの家に住む娘さんも若いときは海外に住んでいたし、私が住んでいたとき幼かったお孫さんもふたりとも海外に住んでいる。

おばあちゃんは、きっと反対しなかった。淋しい、なんでそんな遠くに住む、と嘆くこともなかったのだと思う。

おばあちゃんの小さい家は昔ながらの和室があるなんていうことのない質素な家。おばあちゃんの子どもたちは世界中に豪華な家を持っていて、いつでも来ればいいと言うけれど、おばあちゃんはここがいちばんだと言う。

おばあちゃんはその家の上の階を若い人たちに貸している。

お孫さんの昔のボーイフレンドに貸していたこともある。その人はアメリカから来た黒人だった。とても働き者の礼儀正しい人だったけれど、あの世代の人が、孫の昔のボーイフレンドしかも外国人を住まわせてあげるなんていうことが、そうそうあるのだろうか。

「病気のことばっかり考えていると、もっと重くなる。別のことを考えているうちに治っちゃうものなんだよ。私も去年肋骨《ろっこつ》を折って、お医者さんは二ヶ月かかるって言ったんだけど、二週間でくっついちゃったの。早くカラオケに行きたいって思ってたからね」

「すごいですよ、おばあちゃん、私、もし九十代で肋骨を折ったら、きっとくよくよしちゃうもん」

私は言った。そのとき、となりから娘さんが輝くような笑顔でやってきた。この人も全く歳をとってない。きっとおばあちゃんがいて、安心して思い切り生きられるから。

一人の無名の人がこうして生き抜いているだけで、たくさんの奇跡を起こしている。

「私は関東大震災も、戦争も経験しているの。でもね、今がいちばんよくない時代だと思う。若い人たちに元気がないもの」

おばあちゃんはそう言った。私は悲しくなって、私がおばあちゃんみたいになることできっといろいろ変えていこう、と思った。

# 百年の甘み

子どもが生まれる前からの長いつきあいのMちゃんのお父さんが急に亡くなった。

大好きな銭湯に行って、銭湯で倒れて病院に運ばれ、そのまま帰らぬ人になってしまった。

Mちゃんはふだん日本に住んでいないのだが、たまたま帰国していたときにそのできごとが起きて、あわただしくお葬式や納骨までかけぬけて実家にいてしまった、とまだぴんとこない顔で話していた。私もぴんとこなかった。

彼女に会うときはたいてい旅先、薄着でお互いにだらだらっとした状態でおしゃべりしたり歩いたりすることが多いんだけれど、寒い東京でしかもふたりとも冬のかっこうで会うのは久々で、そういう全部が夢の中のことみたいに思えた。

彼女のお父さんが亡くなったことも、いつも暖かい町で裸足《はだし》で会うことも、Mちゃんのバイクの後ろに乗せてもらってウブドの大通りを走ったことも、全部ほんとうにあったことなのかなあ、と遠くに思えた。

私は出産のときに股関節のじん帯を痛め、しばらく歩けなかった。歩けないと脚の血行が悪くなり、どんどん筋肉が落ちて色も悪くなる。そんな私が「歩けないからそちらのサロンに行けないんだけれど、もしよかったら家に来てリフレクソロジーをやってもらえないか」とお願いしたら、彼女は快く引き受けてくれた。Mちゃんはタイマッサージとリフレクソロジーのプロなのだ。

Mちゃんの実家は百年続く和菓子屋さんで、うちに来るときにいつでもおみやげにお父さんの作った和菓子を持ってきてくれた。麩《ふ》まんじゅうや、花びら餅や、桜餅、よもぎのおまんじゅう…そんな季節に合った手作りの和菓子たち。

Mちゃんは謙遜《けんそん》して「町の普通の和菓子屋ですよ、平凡で、派手さもなく、でも手作りなのがいいところかな」と言っていたけれど、私にはその味は普通の町の和菓子屋さんよりも一段おいしく思えた。ていねいに作ってあるし、あんこがしっかり甘くて、ああ、きっと彼女のお父さんはすごくいい職人さんなんだなと素直に思えた。

ものすごくうまい彼女のリフレクソロジーを受けたあとでいっしょにお茶を飲みながら和菓子を食べているとき、私は赤ちゃんが小さいことと

も、歩けない不安もみんな忘れて、ほのぼのと幸せになった。お父さんの味は私にしっかりしみこんだ。

お父さんが亡くなってお兄さんが継いだと、お父さんよりも少し繊細な見た目の和菓子をMちゃんは持ってきてくれた。たしかにあの味の面影があった。少しだけ違うけれど、お父さんの持っていたニュアンスはしっかり受け継がれていた。

百年も続いている店の後を継いで、町の人たちの生活に密着しながら、月々の和菓子を作り続けてる…もし聞いただけならそんな人生はたいへんすぎるし、続ける意味があるの？　と思ったかもしれない。

でもお兄さんの新しい味を味わったとき、私はそのお店が百年続いてきたことが、退屈でもくりかえしでもないのだと悟った。ものごとが百年続くためには、変化を受け入れながら変化させない部分を作っていかなくてはいけない。それはこれまで店に関わったたくさんの人の願いが入った深く優しい味だったのだ。

# ただ遊ぶ

子犬がおもちゃを持ってただただただじっと階段の下で待っている。私は二階で必死で仕事をしていて、用事があって階段をおりていくと、じっとじっと子犬が私を見上げる。そこにものすごい圧力を感じる。

子どものときも同じだったなあ、と思う。ものすごく忙しいときにかぎって、単純なくりかえし遊びをしようと誘うのが彼らの特徴だ。

気をひきたい、こっちを見てほしい、おもしろいことだからくりかえしていたい。

小さきものたちのエゴであるのは確かだろう。他の人の時間を奪ってでも自分を見ていてほしい、おもしろいことにつきあってほしい。

だからまあ負担にならない程度に、十回に一回くらい、無心で子犬と遊んであげる。

ただ投げて、とってきて、引っ張りっこして、また投げて…。

子犬はキラキラキラキラした目でそれをくりかえし、何回でも走っていく。

前よりもそれを面倒だと思わなくなったのは、先代の犬が十七歳で亡くなったとき、もう走ったり遊んだりできなくなったのを見たからだ。散歩に行きたいけど、なんでだか体が動かないんだよ、と言っているような淋しそうな目を覚えているから、走ってくれるだけで嬉しいと思えるようになった。

子どもはもうすぐ九歳になる。

もうすぐ「いっしょに出かけよう」と言ってもいやだというだろうし、今はうるさいくらい手をつないでとか抱っこしてとか言ってくるけど、もうすぐ淋しいくらいにふれあいがなくなるのだろう。きっとそうしたら今いらだったことや、時間を取らなかったことを後悔するに違いない。先代の犬を失ってから「もっといっしょにいればよかった」と思ったみたいに。

胸がきゅんとなる。私は今子犬にしてあげているみたいに、ただ子どもといっしょにいたことがあるだろうか？　自分の時間をただでさえ取られてるんだから、と思って、いっしょにいても携帯電話を見たり仕事ばかりしていたような気がする。一回しかない子ども時代なのに、しかももう一人産もうと思ったけど結局そんなひまがなかったので、赤ちゃんといられたのは一回だけだったんだな、と思うとますます切なくなる。すばらしいとは言えなかった、でもベストはつくした、体のどこかをくっつけて、怒ったり笑ったりしていっしょにいた時間がたくさんあった。

自分に言い聞かせるように、そう思うことしかできない。

エゴとエゴをぶつけあって、お互いのニーズをなんとか通そうとするのは生き物としてしかたないことなのだと思う。きれいごとの入る余地はない。余裕があるときだけ、相手のことを考えてあげられる、それがせいぜいなのかもしれない。

でも、子犬がただはしゃいでおもちゃをくわえて走ってくるとき、子どもと手をつないで歩いていると景色がきれいに見えるとき、ふたつの命が溶けあってエゴがなくなる。そんな瞬間をなにより大事に思う。

# 行ってみないと

年に一度、休暇をとって行く新潟の宿がある。

宿のごはんがおいしいし温泉でぐったりゆるんですっかり満足してしまい、忙しい私はそのまま東京にまっすぐ帰るのが常だった。

しかし、何年も行ってるのになんだかもったいない、という気持ちが自然に芽生えてきて、帰りに彌彦《やひこ》神社に寄って参拝したりお茶をしたりするようになってきた。

今年は足を延ばして、弥彦の駅経由で寺泊《てらどまり》まで行くことにした。

弥彦の駅前の名物パンダ焼き（米粉のもちもち感がいっぱいで、枝豆のあんが入っていて熱々でものすごくおいしい）を食べたり、酒蔵の見学をしたりして、最後に寺泊に行った。どのお店が良心的でおいしいのかしっかりリサーチもして。

そして活《い》きた毛がにをすごく安く買って、持って帰って家で蒸して食べた。

新幹線に乗って何時間かかけて、やっと食べられる味。

その場所の尖《とが》った冷たい空気や荒そうな海の波の景色を知ったあとで食べる毛がには、居酒屋で食べるよりも順当な感じがした。

順当としか言えない。この手間と、この味と、時間のかかりかたと、おなかに落ちた感じがちょうどぴったり来たのだった。

いつもそんなことをしていたら面倒くさくてたまらないし、そんなことばかり考えているのもかえって不健康だと思い、私はふだんは様々な産地のものをスーパーで買ってきて調理する。でも、たまには出所《でどころ》をたずねるのがいいんだなあ、と思う。

ずれていた時間が戻ってくる感じ。


一生に一度はモルジブに行ってみたい、そう思っていた。

遠いし、高いし、すごく好きな地域でもないし、そのお金があったら大好きなタヒチで水上コテージに泊まったほうがいいのでは？　と思ってしまい、ついいつも行かないままにしていたんだけれど、思い切って今年行ってみた。

今の私に「じゃあ次回もモルジブに行く？」と聞いたら多分行かないと答えるだろう。あんな小島にいろんな物資を運んで、水も作って、たくさんの工場を建てて、いろいろ矛盾がありそうだし、やたらに遠いし、全てがどことなく人工的で巨大なクラブメッドみたいな場所だったし、一回でいいかな…と。

でも、魚がたくさんいて、現地の人々は気だてがよく、新婚さんがいっぱいでなんとなく非日常ムードだし、自然もダイナミックだし、イルカはよくはねていたし、やっぱり楽しかった。

たくさんのことをしたのに、いちばん印象に残っていることは、水上コテージの木でできた長い長いデッキの通路をチビと手をつないで歩いたことだ。

歩くとかなり激しい木の音が響くそこを、毎回毎回、幸せだねえと言いあいながらチビと歩いた。振り返るといつも夫が写真を撮りながら歩いてきていた。子どもが小さいときにしかないわずかな家族の時間。

部屋までの遠い道のりと、波音と、三人の靴音。

あれは、旅の前には知らない、予想してないことだった。

たくさんの新婚さんとすれ違い挨拶を交わしながら、真冬の東京では着られない半袖や袖無しの服を着て、サンダルを履いて、朝も夜もメイ

ンロビーやレストランを目指してただ歩いたこと。

これからはモルジブと言われたら、青い海や魚たちよりも前に、私はあの音を思い出すだろう。それが、行ってみるということなのだと思う。お金も時間もかかるし、なんだよ、モルジブまで行って靴音？　と思うけれど、それが生きていくことの中でのその人にしかない宝物なんだと思う。

# 体が勝手に

頭で考えてよいと思えることを、次に体を使って実行するものだと思っていたけど、そうではないということが最近になってわかってきた。

頭は停止していても、いつのまにかそうじができている。ごはんを作っている。

庭にたくさんの雑草が生えていて、ああ取らなくちゃと思う。水やりのときに取ればいいか、などと思うと面倒くさくなる。

でもそんなことを思わなくても、ふと庭に出るといつのまにか自分が草をむしり、水やりをしている。

そうか、作家でプロになったように、私はたとえへたっぴでも、家事が少しだけプロになってきたんだ、と思う。

年齢が少し上の主婦たちと旅に出ると、みな「家事から解放されたくて」などと言っても宿の部屋を猛然と片づけたりお茶いれをしはじめる。「もしかしたら、好きなんじゃないの？」と思っていた。

でも違う、体がそのように自然に動くんだ、とわかってきた。野球選手がストレッチをするように、書道家が墨をするように、家事のプロは家事をしてしまう。

「小説を書くのは好きですか？」と聞かれると、いつでもうまく答えられなかった。好きとかではなく、そういうふうに訓練されているプロなのだ。好きですと言っているうちはまだ頭が先に走っている気がする。

体が助けてくれるのを強く感じるようになった。

熱を出すのも倒れるのも、体が自分を休ませるためにしてくれるいいことだと思うと、寝込む自由だけはどんなに忙しくても確保しておこうと思う。

体が助けてくれることを心から信じていないと、頭がオーバーヒートする。

はりつめて緊張してしまいゆるむときがなくなって、体がもっとたいへんになるという悪循環になってしまう。

ゆるむってどういうことかあまり知らないままに大人になってしまうと、ゆるめかたがどんどんわからなくなる。ゆるむっていうのは、もういいや、と思うこと。体の力が抜けること、今のことだけ考えること。

このあいだロンドンに行った。

イギリスのどんよりした冬空に飽き飽きした人々は、春の光がわずかでも射《さ》してくると無条件で浮かれるらしい。もう心では制御できないという感じに。

ただほんの少し暖かくなり夕方いつまでも明るくなったという、ただそれだけのことで理屈を抜きにしてだれもがにこにこしていた。

ソーホーのなんていうことない飲み屋街には、人があふれかえっていた。大勢がそれぞれすてきな飲み物を持っておしゃべりしていた。その声の勢いある響きががやがやした音になって、夕方の明るい空に響いていた。まだまだ寒いのに外に立って、子どもみたいな顔でわいわいしている人たちは「生きている」という感じがした。その活気は東京の立ち飲み屋とは全然違う、野性な感じがあった。

楽しいこととリラックスは違う。自由とリラックスはもっと違う。

でも現代の日本の人たちはきっとリラックスということと、幸せや楽しさや自由をはきちがえている。それはリラックスしたことがあまりないから。疲れてしまって伸びたゴムみたいな感じになっちゃってるから。

あんな光景が日本に戻ってくるといいなと思った。

# いいかげん

用事があって何回か同じ土地を訪れたので、どの宿に泊まろうかいろいろ資料を見て調べていた。あまり高くなくて、仲居さんがおそろしくないところ、ごはんがそこそこにおいしいところがいいな…などなどの条件で。

そうしたら、平凡なホームページで、そんなに高くなく、なんていうことない外観なのにいつも予約がいっぱいな宿があった。

思い切ってはじめてのそこにしてみたら、すぐに理由がわかった。

働いている人たちの顔が明るくてまじめで、宿のあちこちの規制がほどよくゆるいのだ。

もちろんすごく値段がお高い宿では、常連で信頼関係さえあれば、たまにそういうところがある。部屋に外から猫が来ても神経質に追い払わなかったり、お風呂にお酒を持ち込んでも目をつぶってくれたり、夜中に露天風呂に入れたり。

でも、そこは低価格なのにサービスがよく、お風呂でお酒を頼むことさえできた。

子どもの食事は、低価格の宿だとたいていコロッケや唐揚げの冷凍食品ばかりのプレートになるけれど、そこはほぼ手作りだった。

いいなあ、と思って晩ごはんを食べていたら、板前さんが挨拶にやってきた。

若くて見るからに善良そうな、ずるいことができなそうな顔だった。

こういう顔を近年見ることがなくなったなあ、と思うような懐かしい感じの人だった。

旅が多くていろいろなところに泊まっている。あまりにも多くの宿を見すぎて、その宿の飾りつけがお客さんをもてなすためなのか呼ぶためだけのものなのか、わかるようになってくる。

そこの食事がコストを削減してもうけを出すことに主眼をおいているのか、なるべく低予算ででもおいしく食べてもらおうという気持ちででてきているのか、わかってしまう。

効率的なのと、楽をしようとしているのは違う。

その志は、よくよく見ると全て表に現れてしまうものなのだ。ということは個人も歩いているだけで、かくしだてできないあらゆる情報を見せていることになる。

そんなものをさらしながら人々の間で生きていくって、ほんとうにすごいことだと思わずにはいられない。

露天風呂でおばさんたちがにこにこしてビールで乾杯していたので、私もビールを注文した。

「あら、うらやましくなったんだね」

とにこにこしたおばさんに話しかけられたので、

「はい、うらやましくなりました」

と言って、乾杯した。

私はひとり川を眺め、おばさんたちは決して悪口の含まれない感じのいい世間話をしながら、同じお風呂につかっていた。しゃべったり気をつかったりしないのに、なんとなくいっしょにいる感じ。お互いの前には桶《おけ》が浮かんでいて、そこに缶ビールが載っている。

川から気持ちのよい風が吹いてきて、夕方の空が光に満ちていた。

「これは極楽だね〜、ビールがおいしいね」

おばさんたちはそう言ってうなずきあっていた。

こういうのをほんとうに「いいかげん」っていうんだろうなあと私は思って、小さな幸せのかけらを手にした気がした。

豪華な食事、壮大な自然、完璧なサービス…とかじゃあなくって、なにもかもが「こんな感じ」っていうのの幸せ。毎日こんなことがちょっとだけあるといいなと思う。

# 逃げても逃げなくても

父のお見舞いに行くときには病院の階段を五階まであがった。エレベーターがいつもいっぱいでたくさん待つのがいやだったのもあるが、エレベーターの中で家族連れを見ると「うらやましいな」と思ってしまうのが自分でもちょっといやだったからだ。

よく子どもを連れて楽しく笑っていると「子どものいない人がどんな気持ちになるか、そんな幸せそうにしないで」などと言われたものだが、そんな気持ちはできれば自分で発散してしまうとよいと思う。階段をのぼったりすることで。

そして幸せそうにできるときにしないと他のだれでもない自分の力が減ってしまうので、だれがなんといっても幸せな人にはみんなニコニコしていてほしいと思う。それが他の陰気な気持ちの人をちょっと微笑《ほほえ》ませたら、それがいちばんだ。

父が亡くなった今になったら、私は他の家のお父さんと娘を見るたびニコニコするようになった。

地上にいる短い間、仲良くしたりけんかしたり、いっぱいしておこうねと他人にも思えるようになった。

病院の階段をのぼるとき、いつも逃げ出したかった。

全部悪い夢だと思いたかった。死にゆこうとしている父に会うのがこわかった。どんどん意識がある時間が短くなっていくのがこわかった。信じられない、信じたくない、そう思っていた。

でも、逃げちゃいけないと思った。本人は死から逃げられない。だから私が普通に会いにいき、逃げてないところを見せなくてはと思った。あの、ものすごい向かい風の中でじっとがんばるような気持ち。なんの希望もないのに逃げないということ。

あれを経験したら、そうとう自分は変わったと思う。きっと自分が死ぬときにも、なんの希望もないのに最後まで逃げないでいられる、そんな気がするのだ。

私の母はどちらかというと重いことからは逃げちゃうタイプで、祖母の死に目にも、最愛の兄の死に目にも、父の死に目にも結局あっていない。

でも、悲しまないわけではない。結局は静かに長く悲しむのである。若いときは「逃げるなんてずるい」と思っていた私なのに、今はそう

思わない。つらいことなら、いなくてすんでよかった。そのあとの悲しみも短いといいなあ、素直にそう思うのだ。

逃げた人は逃げたことを受け止め、逃げなかった人は逃げなかった悲しみと強さを受け止め、ただそれぞれの人生が過ぎていくんだな、そう思う。どっちがいいということもない。どっちも受け止めるものがある、なにを選ぶかだ。

毎日お見舞いに行っても逃げている人もいるだろうし、死に目にはあわなくてもその前に心ゆくまでお別れをしたり、生前精一杯過ごしたかもしれない。

とにかく傍目《はため》からはなにもわからないのである。

だから自分のことをしっかり見てあげるしかない。

もしも母が自分の死からも逃げちゃって、まわりにいっぱい甘えたり、急になにか今の病気と関係ないことでぽっくり死んじゃったりしても

「やっぱり逃げちゃったのね」とかわいく思うだろう。
若いときにはなかったこの感じ、なかなかいいものだと思う。

# 命の不思議

私が生まれて育った地域には大きな池がある公園があり、そこまで歩いて散歩するといつでも池一面の蓮《はす》を見ることができる。

夏の夕方にたくさんの蓮の花を見ていると、ここは極楽浄土ではないかと思えてくるくらいに神秘的な雰囲気に包まれるのだ。

蓮の花は明け方に咲いて午後にはしぼんでしまうので、思い立ってからのんびりと見にいくともうつぼみしか見られない。でもつぼみさえもが大きな神聖さを秘めているのが蓮なのだ。

じっと見ていると、いろんな人が話しかけてくる。

「まるで極楽ねえ」と言うおばあさん。

「鳩のえさ買わない？」と単にベビースターラーメンを小分けにしただけの袋を売りつけてくるホームレスの人たち。

そんないいかげんな交流でも、みんなが同じものを見ながら話しているからどこか和やかで調和が生まれてくる。


うちにも小さな蓮の鉢がある。

蓮根を植え、肥料をあげ、にょきにょきと葉っぱが出てくる頃には、そこはいろいろな生き物のすみかになる。

葉っぱについている青虫たち、水の中で泳ぎ回るめだかたち、ぼうふら、小さな貝、水草。

全てが伸びていく季節にはその水の中も外も宇宙のように奥深い。

そしてある夏の日に蓮は突然にぽんと花をひらく。

花のまわりだけ真っ白い光に包まれているように見える。

よく「泥の中に咲くから蓮は美しい」というしたしかにそうなんだけれど、きっと泥の中や蓮の世界に住むいろんな生き物の命の勢いが入っているから、いちばん表に伝えたい、その中で生殖が行われて命が育まれるその姿が、光り輝くのだと思う。

まるでスターを支える裏方たちのように、無数の命が蓮の花を支えているように思う。

一度肥料のあんばいを間違えてしまい、葉がしおれ、いっぺんに六匹のめだかが死んでしまったことがあった。肥料を変えて葉の勢いは戻ってきたけれど、めだかは取り戻せない。

めだかが死ぬのには慣れているけれど、やはりしょんぼりした。

めだかは生きていると透き通っていて、すばやく動き、細かいところにも繊細な美が行き渡っていてほれぼれ眺めてしまうようなのに、死んだめだかは固くてみすぼらしくて焼き魚と同じ目をしている。

つい昨日までいたあの美しい生き物が今はもう抜け殻になっている。同じ形から、単に命が抜けただけで、こんなふうになにかが消えてしまうなんて。

その不思議に比べたら、どんなことも大したことはないとさえ思う。

今日も蓮の鉢の中には数えきれないほどの生と死のドラマが展開しているのだろう。全てを吸い上げて葉っぱはどんどん成長していく。

私たちだって毎日生きているだけで、体の中では無数の命や細胞のせめぎあいがあるのだろう。それに支えられて私たちは動き、考える。

蓮の花みたいに、大スターみたいに、輝いて生きなくてはいけないと思う。

## “私”を見つける
# 幻冬舎文庫の女性作家フェア

最新刊

表示の価格はすべて本体価格です。

黒猫モンロヲ

2017.02

幻冬舎文庫　創刊20周年

## すばらしい日々
### よしもとばなな

**父はなぜ最後まで手帳に記録し続けたのか?**

父の脚をさすれば一瞬温かくなった感触、ぼけた母が最後まで孫と話したがったこと。老いや死に向かう流れの中にも笑顔と喜びがあった。愛する父母との最後を過ごした“すばらしい日々”が胸に迫る。

540円

## 犬とペンギンと私
### 小川糸

**ハレの日も、雨の日も、どっちも特別。**

インド、フランス、ドイツ……。今年もたくさん旅したけれど、やっぱり我が家が一番！　家族の待つ家で、パンを焼いたり、ジャムを煮たり。毎日をご機嫌に暮らすヒントがいっぱいの日記エッセイ。

600円

## 女の子は、明日も。
### 飛鳥井千砂

**仕事　子供　家庭　恋愛　ほしいものは、どれ?**

略奪婚をした専業主婦の満里子、女性誌編集者の悠希、不妊治療を始めた仁美、人気翻訳家の理央。女性同士の痛すぎる友情と葛藤、その先をリアルに描く衝撃作。

600円

## 骨を彩《いろど》る
### 彩瀬まる

**色とりどりの記憶が、今あなたに降り注ぐ。**

十年前に妻を失うも、心揺れる女性に出会った津村。しかし妻を忘れる罪悪感で一歩を踏み出せない。わからない、取り戻せない、もういない。心に「ない」を抱える人々を鮮烈に描く代表作。

540円

## さみしくなったら名前を呼んで
山内マリコ

年上男に翻弄される女子高生、田舎に帰省して親友と再会した女――。「何者でもない」ことに懊悩しながらも「何者にもなれる」とひたむきにあがき続ける12人の女性を瑞々しく描いた、短編集。

540円

## いろは匂へど
瀧羽麻子

**無邪気に「好き」と言えたらいいのに。**

奥手な30代女子が、年上の草木染め職人に恋をした。奔放なのに強引なことをしない彼が、初めて唇を寄せてきた夜。翌日の、いつもと変わらぬ笑顔……。京都の街は、ほろ苦く、時々甘い。

690円

## 白蝶花
宮木あや子

**『校閲ガール』著者が描く、女たちの誇り高き愛と生。**

福岡に奉公に出た千恵子。出会った令嬢の和江は、愛に飢えた日々を送っていた。孤独の中、友情とも恋とも違う感情で繋がる二人だったが……。時代と男に翻弄されなお咲き続ける女たちの愛の物語。

690円

## 愛を振り込む
蛭田亜紗子

他人のものばかりがほしくなる不倫女、夢に破れた元デザイナー、人との距離が測れず、恋に人生に臆病になった女――。現状に焦りやもどかしさを抱える6人の女性を艶めかしく描いた恋愛小説。

540円

## 女の数だけ武器がある。
### たたかえ! ブス魂
ペヤンヌマキ

ブス、地味、存在感がない、女が怖いetc.……。そんな自分を救ってくれたのは、アダルトビデオの世界だった。女性AV監督の痛快コンプレックス克服記。

580円

## みんな、ひとりぼっちじゃないんだよ
宇佐美百合子

だれかになぐさめてほしいとき、自分が変わりたいと思ったとき、あなたを元気づける言葉がきっと見つかります。心が軽やかになる名言満載のショートエッセイ集。

540円

## 離婚して、インド
とまこ

「そろそろ離婚しよっか」。旦那から切り出された突然の別れ。心の中ぐっちゃんぐっちゃんのまま、バックパックを担いで旅に出た。向かった先は混沌の国インド。共感必至の女一人旅エッセイ。

690円

幻冬舎 〒151-0051 東京都渋谷区千駄ヶ谷4-9-7 Tel. 03-5411-6222 Fax. 03-5411-6233
幻冬舎ホームページアドレス http://www.gentosha.co.jp/

# すこやかに

子どもが生まれたとき、命の他にはなにもいらないと思った。すこやかに育ってくれたら、なにもいらないと。そのことだけは変わらないようにしたいと思った。

それでもいろんなことが毎日起こり気持ちは当然ぶれてくる。たとえば子どもがぜんそくで夜も寝られない日々が続いたり、反抗的な時期でひどい言葉を次々に口に出したりするようになってきたり、泣いたり大げんかしたり本気で感情が動くことは、今だってしょっちゅうだ。しかも本人が「ママは僕が健康でいればなにもいらないんでしょ」とか言いながら、鼻くそをほじりながらゲームをして全然勉強しない姿を見ていると、ばかばかしくさえなってくる。

それでもだ。

震災を体験してますます思うようになったのは、人の命はほんとうにわからないということ。これまでもいつだってそうだったはずだし、理屈では、頭ではわかっていた。明日はどうなるかわからない、だから今日を生きようというのはだれだって知っているし口にすることだ。

しかし、今はもっとリアルにその感じがわかる。触《さわ》れるくらいに生々しく、自分が来年ここにいられるかどうかわからないと思う。

そう思うと、子どもがすこやかでいてくれたら、ほんとうになにもいらないと心から思えるようになった。生意気でもいい、あほでもいい、いろんな人に怒られたり忠告されたりモンスターペアレンツ呼ばわりされたり、親の七光でなんとか生きてるとか言われたりしてもいい。そのまでいい、とにかく生きていてほしい。

すこやかで、自分以外の命を大事にしてくれるようであれば、なんとかなる。

そういうふうに本気で切り替えないと、これからの時代はだめだと肌身で感じるのだ。

先々のことを考えて、いやいやでも準備して、我慢してもふんばる……それはいつか私の子どもがほんとうに好きなことのために、ふだんの百倍も千倍もがんばって勝手にやるだろう、そう信じることがいちばん大事なのだと心から思えるようになった。信じていれば、必ずそのようになると信じること。人を信じるというのはそういうこと。

そして、もしだめだったとしても「じゃあ、自分が死んだあとなんとかするだろう」とどこかで笑えるように、自分の人生を悔いなく整えておくこと。

そして彼がしたいことのために、子どもの健康状態に配慮をすること。

それしかない。

そこに至るまでは、どこかで子どもに期待をしていたように思う。

信じると期待は違う、そう思う。


その目で世の中を見てみると、自分の伴侶に関してはどうだろうか。

生きていてくれるだけでいいと信じきれるだろうか。

おかしな期待をしていないだろうか。

もしも、だれもが「自分のことは自分でしっかりやる、でも、愛するあなたにはとにかくすこやかでいてほしい」と思える時代になったら、どんなにいいだろう。

それが遠い夢だとわかっていても、やっぱりそれを夢見て、自分の家族から、まわりの人から、なるべくそう思えるように今日も種を蒔《ま》いて育てていきたい。
すこやかさの種を。

# もの

近所に週末だけやるという古着屋さんがある。

お母さんと息子さんでやっているようで、とても小さく簡素な店なのだが、そこのもののセレクトそしてディスプレイがみごとでため息が出た。もしかしたら新品で売っていた頃よりも魅力的なのではないかと思うような飾られ方、組み合わせ方で、そこにあるだけでその服やバッグのよさが輝いている。中古のものなのにひとつひとつが手入れされてから店に出ているので、薄汚れた感じはしない。

自分の持ちもののもみんなあんなふうであったら、と思う。

実際は生活の中でいろいろなものがなだれこんでくるのでとてもむりなんだけれど、ものを大事にするという話が出るたびに、私はあのお店のことをぼんやりと考える。

あんなにも捨てまくる「断捨離」がはやっているけれど、それは逆に人々の「ものを大事にする気持ちを取り戻したい」という消費社会への抵抗なんだと思う。

「おしゃれだ」「きちんとしている」「身なりが貧しくない」という印象を人に与えるのは案外簡単なことで、いくつかのポイントをおさえておけばいい。中でも髪の毛がセットされていることはとても重要。そしてなによりも簡単なのは、とにかく新品でまとめること。なんてつまらないことだろうと思うけれど、ほんとうにそれだけだ。だからお金持ちが前面に出ちゃっている人あるいはファッション関係の人はいつもぴかぴかしているのだ。服はシーズンごとに買い替えて捨てたり引き取ってもらうようになっている。バッグは少しでもこすれが出たら捨てるし、服はクリーニングに出さないで買い替える人さえいる。そうでない着こなしができる人や物持ちがいい人もいて、そういう人はほんとうにセンスがいい人だけれど、たいていは新品を一回しか着ないからいつもぴしっとしている。

でもそんなことむりだという私なんかは、古くてもセンスがいい組み合わせをしたい、と思う。その工夫は永遠に続く道のりでほんとうに面白い。

父が亡くなったときなにも相続しなかったけれど、いくつかの大切な遺品をもらった。タンス、古い万年筆。拡大鏡や、ツボ押し器、ダンベル。みんな古びたものやどうでもいいものだけれど、私にとって懐かしくて宝のようなもの。

でも、それらは私の机の上でしだいに輝きを失っていった。父の日常にあるからこそそれらは生きて輝いていたのだった。

私は、もの自体にはなんの意味もないということをほんとうに知った。

それを選び、使うその人の輝きがものに宿るのだ。

私の持ちものもそうであるといいと思う。願わくばあのすてきなお店のように、ものがここに置かれてよかったと言っているようなようすであるといいと思う。

# びわ

いつも来る宅配便のおじさんが「お子さんにどうぞ」と言ってびわを三個だけくれた。「さっき行ったたところでたくさんもらったたから」と。

洗って、子どもといっしょに食べた。

五年前のことだから、子どもはまだ四歳だった。

残った種を、子どもといっしょに遊びながら蒔いた。

そうしたら、びわの葉がどんどん出てきて、五年後の今、大木になった。

幹は太くがんじょうで、葉は分厚い。びわの葉のお風呂に入ったり、

81

びわ

びわ化粧水を作ったり、大活躍だ。木陰も作ってくれるし、窓のすぐそばなので目隠しにもなっている。

まだ実はならないけれど数年以内にはなりそうだ。

びわは墓地に多いから、あまり自宅には植えないほうがいいと聞くけれど、下町やよく行った西伊豆ではあちこちで見たので懐かしいし、植えたのではなくってびっくりする勢いで育ってしまったのでしょうがない。

いつのまにかそこにいた、そんな感じのびわなのだ。

やがておじさんは配置換えになって来なくなってしまった。

しかし、あるとき突然に「今日は人の代理で来ました、お久しぶりです」

と言って荷物を持っていらしたので、びわの木を見せて、

「あのときにおじさんがくれたびわの種がこんなに大きくなったんですよ」

と言うと、おじさんは、

「覚えてないなあ、でもすごいなあ、大きくなりましたね」と笑った。

そしてまた元の地区に戻っていってしまった。あのとき伝えてからはそのおじさんには、たまに遠くの道で見かけるくらいで会ってはいない。

でもびわはどんどん育つ。

こういうのっていったいなんだろう、とよく思う。

だれも、なにも考えてない。いつのまにかそうなっていて、自然にそこにある。だれも責任を感じていないのに大きく存在していて、生きている。

もしもおじさんが「びわの種を蒔くとよく育ちますよ、やってみてください」と言ってくれたとしたら、さぞかし気が重かっただろう。うちの子どもが「絶対に育ててやる」と種をまじめに蒔いて毎日水やりなんかしていたら、もしかして枯れていたかもしれない。実がほしいからなんとしてもがんばって実をつけろ！　と私が思って肥料をやりすぎたら、きっと根腐れしたかも。

だれもなんにもしていないのだ。ただびわを食べて、種をそのへんに捨てた。それだけのこと。

でもびわはこれまたなにも考えずに、感謝してるわけでもなく、たくさんの葉を茂らせてすくすく育ち、私にびわの葉の薬効の恵みをくれる。

だれも摩擦を持っていない、こんなできごと。

力みもなくただそのままでいて、だれも責任を感じていないのになぜか自然にいつのまにかそうなっていて、きっといろいろな試練があったのだろうけれど、全然気づかなかった、みたいな。

もしもそんな恋愛があったら長続きしそうだなあと思ってしまう。

# テニスの教え

人にはたまに、どうやってもできないことがある。

私の場合はテニスがそのひとつだ。

そもそも私は片目に若干の障がいがあり両眼視ができない。だから、球技はみんな苦手だ。でも、サッカーとかバレーボールとかバスケはボールが大きいからパスするだけだったらなんとかなるし、バドミントンと卓球はノリでなんとなくできる。

っていうか片目でできるっていうことは、私、もしかしたら運動神経悪くないのでは……！

いちばんの問題が、距離を正確に計らなくちゃいけないテニスだったのだ。

これではいくらなんでも情けなくないか？　と思っていた大学のとき、友だちが「近所のテニス教室が今キャンペーン中で安いからいっしょに行かない？」と誘ってくれた。

おお、それはいいねと思って行くことにしたら、そのときちょうど母の首に腫瘍ができて入院したり検査したりしはじめた。もしも悪性だったら首を取るわけにもいかないから命があぶない、というような話だった。

私はびっくりして、経済的にもたいへんだろうしテニス習うのやめようか？　と父に言った。

しかし父はきっぱりと私に言った。

「家族に困ったことがあったからって、楽しいことをやめるという考えはあまりよくない。そういうときはやったほうがいい。もしも、これが伴侶のことだったりしたらそりゃあ違うけれど、君の場合は君が子どもなんだし、お母さんが悪性である可能性はとても低いらしいから、今はそんなこと考える必要はない」

なので、私はテニスを心おきなく習うことにした。

しかしこれがまた面白いくらいできなくて、毎回自分でもげらげら笑ってしまうくらいラケットに球が当たらなかった。あまりのできなさにコーチもびっくりして、いちばんできないもうひとりのおじさんと私はいつも壁うちをしなさいと言われてお茶をにごすような感じになった。しまいにはたまにラケットに球が当たるとコーチが大げさに喜び、すっかりテニスがうまくなった私の友だちが恥ずかしがるくらいだった。

あまりのできなさに三ヶ月で挫折、コーチはほっとして、友だちはもっと続けてうまくなって、母の腫瘍は結局良性でさくっと切ってすぐ退院してきた。

つまりテニス的なものは私になにもたらさなかったわけだ。なにひとつ残らなかった、気持ちがいいほどに。

残ったのは「興味がさほどないことを悔しいからってはじめてもろくなことにはならない」という教えと、父の言葉だけだ。

そして父が亡くなった今となっては、あの教えを私はいつか自分の子どもにもきっと伝えようと思っている。

だからあの行動、やっぱりやってみてよかったなあと思うのだ。

なにかができなくてイラっとしたとき、あのすばらしかったコーチの眉毛が私の空振りを見るたびに八の字になってたのを思い出すと、ぷっと笑える。それで力が抜けるので、やっぱりやってみてよかった。

# 裏と表

家族の春休み旅行でソウルの高級なホテルに泊まった。ホテルの入り口には黒服のお迎えの人がずらっと並び、政治家か財閥の大きな会合がこれからあるものものしい雰囲気の中を、私たちはリュックを背負ってたら〜っと町へ出ていく。なんとも場にそぐわない家族連れだった。

なんで家族旅行でそんな立派なホテルにしたかというと、昔仕事で泊まったときに時間がなくて行けなかったそのホテルの朝のビュッフェに、子どもがどうしても行きたいと言ったからだ。

Coca-Cola

その朝、すばらしい味のビュッフェで幸せな満腹になり、私たちは広い庭に散歩に出た。

たくさんの木々、お堂、虫たち、鳥たち、庭師さんたちの間をすりぬけ、気持ちのよい緑の匂いをかぎながら、塀に登ったりそなえつけの遊具で遊んだりしながらゆっくり歩いていた。

すると、なにかのひょうしに道を見失い、ホテルの外側に出てしまった。ホテルの外周をめぐる道とソウルの遺跡である城壁めぐり散歩コースが微妙に交わっていたので、うっかり柵を越えてしまったのだ。

きらびやかなシャンデリア、ブランドの立ち並ぶDFS《デューティフリーショップ》、山の見える大窓の美しいレストラン……の世界から、ほんの一歩外に出たらそこは下町だった。

裸足で上半身裸でバイクを磨くおじさんたち、洗い物を外でするおばさんたち、走り回る子どもたち、ボロボロの屋台、窓の外に連なる洗濯物……そこには普通の人の普通の生活があった。

さっきまで高級ホテルの中にいたからいちおう気をつけて履いていた革靴だとか、きちんと整えた髪の毛だとか、ぱりっとしたシャツだとかが、いきなり恥ずかしいものに変貌した。

ここを歩くんなら、Tシャツ一枚で、リュックで、裸足にサンダルで、おじさんやおばさんたちに挨拶したいよ、そういう気持ちになってしまった。

どっちの世界にも出入りするどっちつかずの自分、これはまあ、自分が小説家だからしかたない。

でも、クロックスにTシャツで走り回っている私の子どもが、どっちでもすんなりありのままでいる様子を見たら、大人は不自由だなあと思った。大人にはTPOがあるし、用事もある。そんなふうに一瞬で切り替えるのはむつかしい。そして、ＴＰＯがぐちゃぐちゃなのを自分の個性だと言い張るのもかっこわるいからしたくない。

それでもできれば、どこかしらにそんな子どもの気持ちを持ち続けたいと思う。


苦労してホテルの庭に戻りそのへんの扉を開けたら、なんとトイレのわきの従業員出入り口だった。

さらに、そっとホテル内部へのドアを開けるとウェディングコンサルタントの受付があって、係のお姉さんが完璧なお化粧とスーツでにっこりと微笑んだ。

狐につままれたような気持ちで微笑み返して、ぞろぞろ歩いていく夫と私と子ども…「私たちにはこんな感じがいちばんお似合いだね」と三人で笑いあった。

# 血まみれの手帳

父が亡くなって、姉が「これあんたにあげるわ」とくれたのは、糖尿病だった父がインスリンをうつ量を決めるために、毎日血糖値を計ってメモしていた手帳だった。

血糖値を調べるには毎日針で指先をつついて血を出して、試験紙に血をつけて計らなくてはいけない。

これは健康診断などでやってみるとわかるが、かなり憂鬱な作業だし、案外痛いのだ。

目が見えなかった父はちゃんと血を拭《ふ》きとったり、手帳に血がつかな

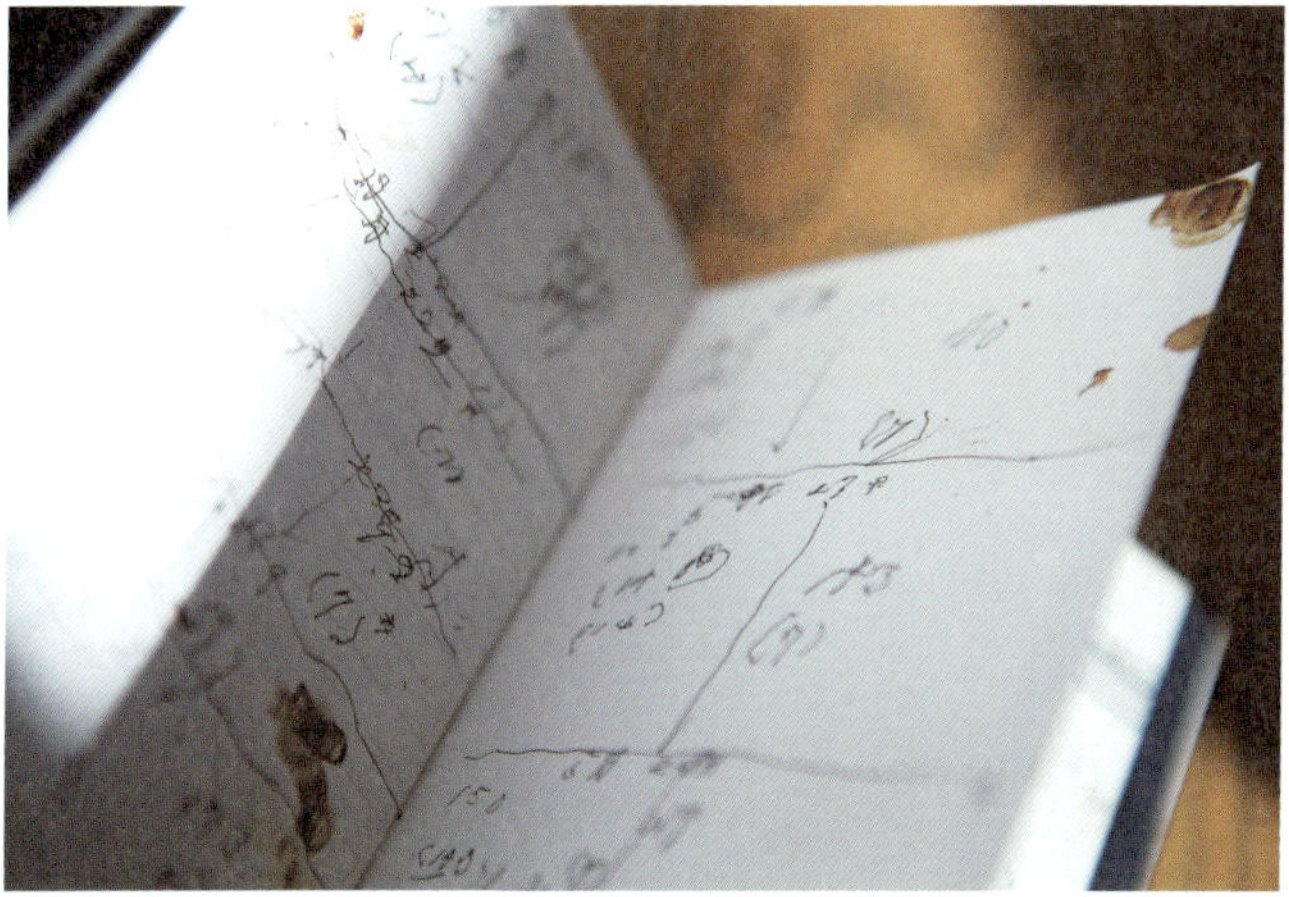

いように配慮することもできなくて、手帳の表紙は血のあとでいっぱいだった。中身もまるで殺人現場から持ってきたのかってくらい血だらけで、こわすぎて人には見せられないくらい。

「いらないような気がするけど、もらっとく」と私は言い、見るのも悲しいからだいじに机の引き出しの中にしまっておいた。


あるとき、引き出しを整理していて見慣れない手帳を見つけ、あ、そうだこれはお父さんの血糖値の記録だ、と思い出した。

少し悲しみから立ち直って冷静になれていたので、はじめてちゃんと開くことができた。そこには何年間分もの血糖値の数値が書いてあるのだが、後半はもう全く目が見えていないから、なにが書いてあるのか全くわからない。なんの記録にもなっていない。

震えたり、血でにじんだり、かすれたり、ひとつも読めない。数字かどうかもわからないし、重なっているところもある。ノートの表紙に書いちゃっていたり、逆さまから書いていたり、とにかく「なにかを書いた」という以外ほとんどわからない。

父はここに記録しているものとは別に口頭で姉に数値を伝え、姉がその場で融通してインスリンを決めていたから、実はこの記録はいらなかったということになる。

病院に提出していたと聞いていたが、あるところからはきっと姉が「先週は高めでした、いくつくらいでした」と言ってなんとかしたのだろうと思う。

そんなことも関係なく、記録がどういう状態になっているかも知らずに、父は毎日毎日、ぱちんと指先を針でつついて、血を流して、一日も欠かさずにその手帳に血糖値を記録し続けた。たとえ書けていなくても、目が見えなくて読めなくても、他のだれにも読めなくても。

どんな教えよりもはっきりと、父が最後まであきらめなかったことが伝わってきて、泣けてきた。

このように無益であっても、人は生き続ける。記録し続ける。

痛いのも注射も大嫌いだった父が、ただ生きて考え抜くために、最後の最後まで毎日針で血を出して、そのあと注射して…どんなに痛く淋しくいやでつらかっただろう。もしかしたら無用の記録をつけているのかもしれないと思った日もきっとあっただろう。

でも父は家にいる最後の日まで、記録した。

私もいつか死や病気に向き合うことになるだろう。そのときは父のその孤独な闘いと執念を何回でも思い出したい。

# 同じ面影

亡くなった父は、文学的に評価していたのかどうかわからないが「リトル・トリー」という小説がなんとも言えず好きだと言っていた。チェロキー族の少年が伝統的な生活を愛しながらも白人文化に追いつめられていく、という内容のその自伝的な小説は一時期よく売れていたのだが、かなり問題のある話題も浮上して評価ははっきり分かれていた。

著者が白人至上主義者だということがわかったり（にしても、なんでこんな真逆の内容の小説を書いたんだろう？　ほんとうにわけがわからない）、チェロキー族の人たちが「正しいチェロキー文化を描いていない」と批判したりという複雑なできごとが明るみに出て、内容よりもあまりにも極端なそのスキャンダルが取りざたされることが多かった。

でももしなんの情報もなく読んだとしたら、とてもいい小説だったと思う。ステレオタイプな人物設定やできごとにもかかわらず、そこには作者の血なまぐさい人生の厳しい気配が漂っているからだ。それが物語に妙なリアリティを与えている。

当時の私にとってどうしていい小説と感じられたか。それは人の生き死にに対する考え方が似ていたからというのと、読んでいるとなぜかそこに出てくるおじいさんとおばあさんが、私の父方の祖父母に似ているように思えたからだ。

私はほんの幼い頃にしか彼らに接していないから、その人柄まではよく知らないはずだった。それでも私は「このおじいちゃんとおばあちゃん、知ってる気がする。ビジュアル的にもうちのおじいちゃんとおばあちゃんに置き換えて読むとすごくしっくり来る」という感想を抱いた。

そして、そのことを読んですぐに父にも告げた。

すると父は嬉しそうに、

「いやあ、この中のおばあさんは知的でよく書物を読んでいるけれど、うちのおばあちゃんはそんな知的な人じゃあなかったからなあ」

と何回も言った。

言葉とうらはらに、父の笑顔はとても幸せそうだった。

父の納骨の日に、となりに座った年上の男のいとこが突然に、

「うちのじいさんはさあ、『リトル・トリー』って知ってる？　あの本に出てくるじいさんにそっくりだったよ。孫のためなら、ためらいなく自分の腕をガラガラ蛇に嚙ませちゃうような、そんな迫力があったよな。

育ちは全然高貴じゃないけど言い知れない気品があって、そこにいるだけで納得してしまうような。おじさんがあそこまで評論を極めた背景には、あのじいさんの存在があったと思うんだ」

私はびっくりした。全く同じことをあの小説からいとこが読み取っていたことに。

そうか、私は覚えていないけれど、私のおじいちゃんはやっぱりああいう人だったんだ。

「ねえ、おばあちゃんもあのおばあさんに似てるよね？」

私は言った。

「うん、似てるね。あの小説に出てくるふたりに、うちのじいさんばあさんはよく似てる」

いとこは言った。

言葉にできない不思議な満足感を持って、私はうなずいた。

この世のだれがあの小説をどんなに悪く言っても、私は個人的にずっとだいじにしよう、そう思った。

# 緑とピンク

前から病気だった若い友だちが、闘病の果てに亡くなった。

何回も退院しては普通の生活をしていたので、まだまだいけると思っていたけれど、そうはいかなかった。

「私が死ぬときにがんちゃんもいっしょに死ぬんです。それまではいっしょに生きるしかないんです！」と彼女は言っていた。あちこちに転移したがんは全て消えたのに、彼女の言葉どおりに骨に残ったがんだけはずっと彼女と共存して、何年間も彼女は生きた。

もう二度と外に出られない入院の部屋に、私は会いに行った。

彼女のお母さんが電話で「もしかしたら、話しかけても返事がない状態かもしれない」と言った。

「どんな状態でも会っておきたいので、会いにいきます」と私は言った。会わなければ元気だった頃の彼女だけが記憶に残る…そんな甘い言葉が頭をよぎることはなかった。ただただ会わなくちゃと思った。

もうろうとしていた彼女は私が名乗ったらはっとして、「うそ、まほさん（私の本名）が来てくれた、夢みたい」と言って、急に意識がはっきりした。

私は彼女の体におつかれさまと言いたくて、ずっと脚をさすっていた。こんなに元気な脚なのになあ、と私は思った。脚だけなら私よりも元気に見えた。

もう一回くらい会える、会えるうちはまだ元気なのといっしょだ、ま

緑とピンク

た来よう、と私は思った。最後だとは思わないようにした。泣いて別れたくなかったからだ。

私は彼女の手をぎゅっと握って、

「ありがとう、ほんとうにありがとう」

と言って、そのままずっと手を握っていた。

とても不思議なことに、私のしているブレスレットのとても珍しいアップルグリーンの石と紫に近いピンクの石の色が、彼女のネイルの色と全く同じだった。彼女の爪はきれいに一本おきに、アップルグリーンと紫がかったピンクに塗られていた。

そしてとても残酷な感じで、一本だけ爪が短く切られていた。

血中の酸素を計る機械をつけるために。

私のブレスレットと彼女の爪が、握った手の中で同じ色に輝いていた。

温かい手だったし、ぎゅっと握ったら握り返してくれた。

父も亡くなるまえほとんど意識がなかったのに、私の手をぎゅっと握ってくれたことを思い出した。

そんなに重い握手はない。

全てをたくされる握手だった。私はそれらを全部もらって、生きていかなくてはいけない。めそめそしている場合じゃないのだ。


全然はげてなかったから彼女が最後にネイルを塗ったのはきっと二週間以内だろう。いつでも「ネイルは自分でやるんですけど、やっぱ気分があがりますよね！」と言っていたっけ。

彼女は私のそのブレスレットを見たことがなかったから、あんな珍しい二色を選んだのは、きっと私の思いが空を渡っていって彼女にふとその色を選ばせたんだ、と信じている。私の心がいつもそばにいることがきっと伝わっていたんだ、と思う。

別れのときにその二色が出会う運命に向かって、目に見えない大事なことを伝えるために。

# まず焼きたまご

まず焼くたまご焼きのことではない。

「まずいたまご焼き」のことで、父の焼く異様に黄色いたまご焼きに姉が命名したものだ。

なんでだかわからないけれど、そのたねとなるたまごの中には塩と味の素だけではなく、固いままのバターが入っている。

「それでバターの溶け方にムラができるところがおいしさの秘訣《ひけつ》だ」と父は言っていたが、そのよさはよくわからないままであった。

たまに半生のたまねぎや水切りの悪いほうれん草が入っていたりして、

高温でしっかり作っていないからどことなくべたべたしている、そのたまご焼き。

毎朝父が焼いてくれたそのしろものを、父がいない今となっては食べたいなと思う。


父の目が悪くなって調理できなくなったとき、少し切なく思ったのを覚えている。

そうか、もう一生、あのまず焼きたまごを食べることはないんだ。

とても淋しく思った。

しかし、数年後のある夜に父はなぜかお客さんにそれを作って出していた。外出して帰宅した母と姉と、たまたま実家に寄った私はびっくりした。体が作り方を覚えているから目が見えなくても作ることができたようだ。流しはドロドロになっていたし、ガス台の上も卵液が落ちてい

て片づけるのは大変だったが、一口もらったそれは子どもの頃と変わらない味だった。

子どもが十歳になって、ひとりで学校に通えるようになった。

朝、行ってきますと家を出ていく。

重いリュックを背負って、小走りで、寝ぐせを直さないままで朝の光の中に消えていく。

私たち夫婦はちょっと淋しくなって、なんだか気が抜けたね、と言いあった。

これで、パパは毎朝わざわざ早起きして子どもを車に乗せて学校に寄って行かなくてもいい。車の中で吐いちゃったり、寝ちゃったり、いつも大変だった。

でも、もう二度と、パパの車にいっしょに乗ってにこにこ出かけていく幼い彼を見ることはないんだなあ、と思った。少しずつ、離れていく。自分の世界に入っていく。

歳をとってから子どもを産むと、孫みたいでかわいいかわいいと思っていたけれど、それだけではない、去っていったときのショックもひとしおなんだろうなあと思った。

でも、そのときふとあのまず焼きたまごとの意外な再会を思い出した。もう父は目が見えないから二度とありえないと思っていた、その「二度とないはずのこと」はなぜかたまたま私が実家に寄って、母と姉が留守のときにお客さんが立ち寄って、それがちょうど夕食どきで、という様々な要因が重なってなぜか奇跡のように訪れたのだった。

まだまだきっとある。

風邪をひいたときとか、遅刻しそうなときとか、意外なときにあの日のように、子どもはパパの車に乗って笑顔で手を振ることはあるんだ。

執行猶予のような、痛みの先延ばしのような、そんな瞬間の恩寵《おんちょう》が人にはきっと訪れうるのだ。

# コーヒーカップ

友だちのOちゃんの家で鍋をやるというので、数人で呼ばれて行った。

Oちゃんは二歳年下のものすごい美人さんでスタイルが異様によく、多分どこにいてもクラスでいちばん華やかなグループに自然にいたタイプで、高校生くらいの私だったらビビって話しかけることさえできなかっただろう（笑）。

はじめて見たときは、こんなにきれいな脚の人が街を歩いていていいのか？　と思った。こんな整った顔の人ってほんとうにいるんだなあ、とほれぼれしたし、話すと美人すぎていつも緊張した。

でも、いっしょにフラを踊っているうちにいつのまにか普通に仲良くなった。

彼女の両親は早くに亡くなっていた。

それから彼女がどうやって暮らしてきたのか、たまにちらほらとそういう話が顔を出すと、いつも胸がいっぱいになる。

同情ではないし、苦労したねえとねぎらうわけでもなく、ただ、生きてきたその道筋に感動してしまうのだ。

私はいい歳になってから両親を亡くしたが、やはり、あんなにぼけていても動けなくなっていても、やっかいなことがいっぱいあっても、そこに彼らがいたということだけでどんなに頼もしかったかわかる。

だから彼女のそんなに若いときから今までの年月を思うだけで、今の毎日が少しでも幸せであってほしい、と思うのだ。

私がもし若くして両親を亡くしたなら「両親を亡くしたんだから、許してやろう」とか「わかってやらなくては」と思われたら、怒って相手をしめあげると思う。

だからいつもただいっしょにごはんを食べて、ビールを飲んで、それだけなんだけれど、それでいいんだと思っている。

鍋はセロリをが〜っとミキサーでひいた汁に大根や鶏団子や鶏肉などいろいろなおいしい具材が入っているヘルシーなもので、みんな「Oちゃんのスタイルのよさの秘密がわかった」と言いあった。とにかく清潔で健康的なものがテーブルいっぱいに並んでいたのだった。

最後にお茶を飲むときになって、Oちゃんはそろいの年季の入ったカップを出してきた。

そこには、かわいい素朴な馬の絵がひとつ、反対側には手書きの漢字で「O」と彼女の名前が青のインクで描かれていた。

「すごいね！　このカップ。いったいどうしたの？」

私は言った。

「これ、私が生まれたとき、両親が一セット作ったんだって。ふたりともロマンチストだったからさあ。私の名前をお父さんが書いて、お母さんが馬の絵を描いたの。私ひのえうまの生まれだから」

Oちゃんは淡々と言った。

あまりにも淡々としていたから、ほんとうにすてきだね、としか言えなかった。

でも、なんでもないときにあのカップのことを思うと、泣けて泣けてしかたがないのは、私も両親を亡くしたからだろうか？　それとも、私が人の親になったからだろうか？

大切なことはきっと少ししかない。今も彼女の一人暮らしの整った部屋の中にあのカップたちがあることを思うだけで、そう確信できる。

# おだんご

母は、ほんとうになにも食べない人だった。そして生涯痩《や》せていた。できることなら白いごはんとお漬け物だけで充分、母が闘病中にごはんを作っていた父が好むような肉の炒めとか、こってりした煮物を最悪だといつも言っていた。

作ってもらっておいてそこまで言わなくても…と子ども心にも思ったものだけれど、病気で食べるのが苦痛な人にとって、机の上に油物が並ぶだけで具合が悪くなるというのはよく理解できた。

正直に文句を言って、そのまま父を悲しませて、家族の雰囲気が悪くなって、でも正直でいた子どもみたいなかわいい人だった。

あまりにもそれらを見聞きして育ったので、私は人の作ってくれたもののおいしさに過剰に反応するようになった。

なにもかもがありがたすぎる気持ちでいただいているから、ほんとうは自然にふっとほめたいんだけれど、つい大げさになってしまう。

それはあの頃、父の作った晩ごはんに箸をつけない母を見ていた悲しい名残《なごり》なんだなと思うから、気にしないで取っておこう。大げさに喜ばれて嬉しい人もいるかもしれないし。

あと、私は立派な中年デブだが、痩せるのがこわいとどこかで思っている。

いったん倒れるとどんどん痩せて三十キロ台になってしまう母を見ているのがいつもすごくこわかったからだ。

そんな母が、晩年ぼけはじめたらなぜか甘いものを好んで食べるようになった。

お酒（これがまた最後の夜まで飲んでいたんだからすごい）の量が減ったので、糖分が足りなくなったのだろう。

甘いものをお見舞いに持っていくと、おいしいおいしいと食べるようになった。

姉と私は「お母さんが甘いものを食べておいしいと言っているところなんて一回も見たことはない。一生見ないと思っていたから信じられない！　生きているといろんなことがあるねえ」と驚きあった。

最後の日々の母が特に好んだのはみたらし団子だった。

私はいつも私の家と実家の間にある青山の紀ノ国屋か近所のおいしい和菓子屋さんかでそれを買った。どちらの味も母のお気に入りになった。

何回目かに買っているとき、ふと「ああ、いつかお母さんが死んだら、

私はみたらし団子を見るたびにお母さんを思い出すんだろうな」と思った。

そのとおりになってしまったが、覚悟しておいてよかった。みたらし団子を食べるたびに、母にも分けてあげる気持ちになれる。

寝たきりになった母の口に一個ずつ串から外したおだんごを食べさせてあげるのは、すごく楽しくて気持ちのよいこととは決して言えなかった。なんでみたらし団子なんだ、もっと拭きやすくて食べやすくて小さいものだったらいいのに、と思わなかったわけではない。でも、今となってはその作業の全部が幸せなものに思える。そのときもそう思っていた。こんなこともできなくなる日が近い、だから、せかさずに食べさせてあげなくちゃと。

そして今の私は、そうしてよかったと心から思っている。せかしたら消えてしまったものがきっとある、そんな気がする。

# せっけん

「さっきね、せっけん買いに行ったの。でも小さいせっけんってあんまりないのね。大きなせっけん持って入院するのがなんだかいやだったから。旅行用のいいのがあると思ったのよ。でもあんまり匂いのよくないのばっかり。しかたないわね。ひとつ見つかったからそれを持って行くわ」

八十代後半の近所のおばあちゃんはくりかえし、くりかえしそう言った。

計十回くらいは言ったと思う。

自分が今ちゃんとしたことを言っているかどうか、確かめるように。

八年前にはまだしゃきっとしていて、いろいろなことを判断して、なにかおすそわけすれば必ずお返しが戻ってきて、娘さんやお孫さんが来れば紹介してくれたのに、今は服装もどことなくちぐはぐで、むしろどんどん派手になっていく。

お金持ちのおばあちゃんだから、きっと昔はすごいパーティに出かけて行ったのだろう。きらきらしたボタンのニット、派手な赤のコート、いろんな珍しい服を見かけた。

「すてきですね」と声をかけると、

「ずっと昔のものなのよ」と恥ずかしそうに笑っていた。

どこの家のお年寄りも同じだ。

だんだん入退院のサイクルが早くなっていく。

そして自宅に帰ってこなくなる。亡くなったわけではなさそうだから、きっと施設か病院にいるのだろうと思う。

その入院は少しだけ進行したがんの治療のためだったので、すぐに戻ってこられるとおばあちゃんは言っていた。

私は家にあった小さいせっけん、旅行のおみやげや自分で買ったよい香りのものなどを十個くらい布袋に入れて、朝早くに家の前に呼んだタクシーに乗り込むおばあちゃんに渡した。

おばあちゃんは、まあ、こんなにたくさん、いい匂い、楽しみだわと笑った。自分が入院することなんて忘れてしまったみたいに。

お手伝いさんもにこにことお礼を言ってくれて、おばあちゃんとお手伝いさんは旅行に行くみたいな感じでさらっと去っていった。

きっと若いときはこんなふうに朝早く、海外に旅行に行ったんだろうなというのが想像できる、慣れた感じの旅立ちだった。

しかし、残されたおじいちゃんは違った。

じゃ、失礼します、おじいちゃんもお元気でおばあちゃんのお帰りを待っていてくださいね、と言ったら、おじいちゃんはおいおい泣き出した。

その泣きっぷりと言ったらもう、人生でなかなか見ないほど激しいもので、涙も鼻水もよだれもどんどん流した号泣だった。

あいつはね、前はしっかりしてたんですよ、でも今は毎日大声で歌うんです。それがご近所の迷惑だと思うと申し訳なくてね、前はしっかりしてたんです。

おじいちゃんは大泣きしながら言った。

全然気になりません、うちもうるさいし大丈夫ですよ、といくら言っても、背中をとんとんたたいてあげても、おじいちゃんは泣き止《や》まなかった。寒い朝にシャツ一枚で、おじいちゃんはひとりおいおい泣き続けた。

しばらく私は同じことを言いながらそばにいたが、おじいちゃんはある段階ではっと泣き止み、すみませんすみません、とあやまりながら家の中に戻って行った。

とても切なかった。

きっと若い青春の姿と同じく、これも人生の大切な姿なのだ。

若い頃は堅い職業についていたという、決して人前で泣いたことなどないであろうおじいちゃん。おばあちゃんがボケてしかも入院してしまって、ほっとしたり淋しかったりこわかったり、いろいろな気持ちが爆発したのだろうと思う。

おばあちゃんはそれから一ヶ月くらいで家に戻ってきて、見るからにむちゃくちゃな時間帯の中で生活を続けていた。

「これは、かなりぼけちゃってるんだろうな、多分、家にいられないようになるのも時間の問題だろうな」と私は正直思った。

おばあちゃんの部屋だけ毎晩夜中の三時くらいまでこうこうと明かりがついているのだ。そして夜中に窓をあけて窓辺の植物に水やりをしたりしていた。

できればこの家での生活が少しでも長くありますように、と私は祈っていたけれど、ある夜、大騒ぎになった。

救急車と消防車がいっぺんに路地に入ってきたのだ。

救急隊員と消防隊員たちと、本部との通信の声が響き渡っていた。

おばあちゃんの部屋の窓にははしごがかけられ、一方では玄関の鍵を消防隊の人たちがこじあけていた。

なにがあったのかと聞きにいったら、おばあちゃんが中で急に動けなくなったのだが、おじいちゃんは留守で、玄関にも鍵がかかっているのでとにかくあけて救出するしかないということだった。

やがて玄関のドアがあき、おばあちゃんはたんかで運ばれて行った。骨折だったらしく命に別状はないと聞いたが、それからもうおばあちゃんは家に帰ってこなくなった。

窓の植物は枯れているし、庭の草も伸び放題だ。たまにおじいちゃんを見かけるけれど、私がだれだかもうわからなくなってしまったままでこんにちは、と挨拶をしてくれる。


人がいちばん恐れているのはきっとあの夜が来ることなんだろうと思う。だからみな宗教にすがったり、お祈りしたり、健康診断に行ったりするんだろう。

さっきまで、昨日までなんでもなかったのに、病気が、事故が、突然に生活の全てを終えてしまう。

まるで楽しいことをしている間は、こわいことに目をつぶっていなくてはいけないと思っているかのように、私たちは生きている。

ある夜突然、あんなふうに流れが断ち切られて全てが平穏でなくなってしまうのか？

そんなことはないように思う。

きっとこうなるんだろうな、という予想は毎日水がたまるみたいに、ぽたぽたたまっていく。それがあふれるときが来るというのも、なんとなく想像がつく。しかし、いざなってしまうとなんでもない。

いちばんこわいのは、もうすぐあふれそうなときだけなんだと思う。

私も両親が衰えていくのを見て、何回も涙した。信じたくないと思ったし、こわかった。次に骨折したら、次に倒れたら、いったいどうなってしまうんだろう。いつもそんなふうに思っていた。

父は糖尿病だったので、足の親指は壊疽《えそ》を起こしていた。やがて脚を切断するのではないか、切断して、寝たきりになって、ますます体が冷たくなって死んでいくのではないか、そう思うとこわくてしかたなかった。自分がその全てを見ることができるのだろうかと疑うくらいこわかった。

母はスポーツ選手だった時期があるから、自分が歩けないことを忘れてすぐ立ち上がってしまう。たいていのときは運動神経でなんとかするのだが、すぐ転ぶ。転んで、骨折して、そこがなかなかくっつかなくて長く入院する。そして入院はつらいといってどんどん弱っていく。そのくりかえしも、いつどんなふうに終わるのか考えるとこわくてしかたなかった。

しかし、今全てを経てみると、その恐ろしい流れの中にも緩急があり、笑顔があり、落ち着けるときもあり、時間は延びたり縮んだりし

た。

老いや死に向かってなにもかもが急流で押し流されていくだけではなかったのだ。

そこに必ずある天の計らいのようなものを、私も自分のときは最後までじっと見ていられたらと思う。もしかしたらもうなにがなんだかわからなくなってしまっているかもしれないが、なるべく見ていたい。

父の脚は最後まで全部そろっていた。さすれば一瞬温かくなったあの感触を今もだいじに持っている。

母はどんなにぼけても「あの子はどうしたの？　電話かわって」と孫と話したがることを失わなかった。電話に出られなくなったのは最後の二週間だけだった。

そんなことをいろいろ思い返しながら、近所のおばあちゃんの暗くなった窓を見るたびに「おばあちゃん、いつも夜遅くまで起きていてくれ

て、徹夜の私も淋しくなかったよ、ありがとう」と思う。もっともっと

せっけんを、ありったけあげればよかったなと。

# 歳をとる

両親を見送るあたりのこの十年間くらい、自分の時間が四十歳くらいで止まっていた気がする。

ちょうどそのあたりに高齢で子どもも産んだし、子どもが十歳になるまではとにかくあらゆる意味で必死だったというのもある。

ある意味、自分で止めようとしていたのかもしれない。

全てが終わったらが〜っと時計の針が進むみたいに一気に歳をとった感じがした。

いろんな体調の変化や矛盾や据え置きにしていたことが今になってど

っと出てきて、帳尻を合わせるのがたいへん。整理整頓で今の毎日は追われている。

その期間だってもちろん家族とそれぞれの誕生日を祝いあっていたし、自分の年齢を自覚もしていたはず。

父に祝ってもらうのが最後になった私の誕生日には父に「四十七歳か……昔で言ったら立派なおばあさんだなあ」というすてきな言葉ももらった（笑）。

でも、どこか止まっていたのだ。なにか大きなことの前夜みたいにずっとどこかが緊張していたのだ。

両親を見送ったら自分はいきなり「親のいない年齢の大人」になって、自分の一部もいっしょに去っていってしまったような気がする。

それまではなんだかんだ言っても子どもでいられたのだ。

あとは余生みたいな気分になって、スペインに住む友だちに「やがてマドリッドと東京をこんなふうに行き来して会うこともできなくなるんだねえ」なんて言ったら「それはまだまだ先のことだよ」と笑われたりした。

そう笑われたとき、はじめて「そうか、まだ老後じゃなかった、健康でいれば自分にはまだ時間があるんだ」と気づいた。

そのくらい、自分の時間の一部もこの世から消えていた。見送りすぎて、行きすぎてしまっていた！

いかんいかん、まだまだやれることがあるんだから。だいたい一年たって、やっとそう思えるようになった。

同じ家の中や同じ病院の中にいるのに、私の父と母は互いの部屋を自由に行き来できなくなっていた。会いたいときや声を聞きたいときに、夫婦なのに会えない。階が違うから、歩けないから。死に目にもあえないし、お葬式にも出られない。

そんなシュールなことってあるんだ、と私は思った。

歩けない年老いた両親を見ているときにはしかたないなと納得できるのだが、自分と夫に置き換えて考えてみると、考えられないくらい悲しい。

自由に動けて、しかも地方や海外に住む友だちたちとしょっちゅう会えるなんて、すごいことなんだと改めて思った。


母の親友と母と父は、家族がどの家に住んでいる時期も会うたびに各地のリビングのテーブルを囲んでビールやウィスキーを飲んで、おつまみを食べていた。

その様子はいつもえらく楽しそうで、私がおつまみタイムに弱いのは、この幼児体験のせいだと思う。

誠実で飾り気がなく心優しい母の親友を、父はとても大切に思っていた。三人には男女のかけひきもなにもなくさっぱりとしていて、いつもただたわいないことを話して大声で笑っていた。早寝の父はたいてい先に寝てしまい、そのあとはふたりの女学生みたいなおしゃべりが深夜までまだ続いたものだった。

二年前くらいに最後に三人が会ったとき、そこには「最後かもしれない」という気配がいっぱいに満ちていた。母は体を起こしていられないような状態でもなんとか椅子に座り、父もほんとうはまだ寝ているような時間なのに必死で起きて着替えて精一杯話をし、母の親友は遠くから日帰りでやってきてへとへとなのになんとか陽気にしていた。

体の状態をごまかしながら、必死に平静を装って集う三人の姿には青春の面影があった。心の中に燃えているなにかが若い頃のままそこに存在していた。

限られた時間を精一杯共に過ごそうとし、笑顔を絶やさず思い出話をする三人は美しかった。むちゃくちゃむりをしているのに神々しかった。

母の親友は母が亡くなってからもよく電話をくれる。私と姉のことをほんとうの親戚のように気にかけてくれる。

母が亡くなったのがあまりにも突然だったから、私はびっくりしてしまって、あんまり泣けなかった。

でも、あるとき母の親友が電話で、

「まほちゃん（私の本名）、まほちゃんの新しい毎月のことを書いたエッセイ集を今順番に読んでるの。お父さんが亡くなったところも読み終わったよ。ほんとうにすばらしい親子だったね。でもね、十月を読むのがこわいの。読んだらほんとうにかこちゃん（母のあだ名）がいなくなっちゃうみたいで、まだこわくて読めないの。今もね、本駒込《ほんこまごめ》のおうちに行ったらいるみたいな気がしているから、信じられないの。でもいつか読まなくちゃいけないし、読みたいから、がんばって進んでいきますね」

と涙声で言ってくれたとき、思わず泣いてしまった。

あんな美しい三人のひとり生き残りになってしまった、それはどんなに淋しいことなんだろうと思ったのだ。

この本の写真を撮ってくれているちほちゃんも、ハワイに住んでいるからそんなにしょっちゅう会えないはず。

でも、実際には日本にいる他の友だちよりもひんぱんに会っているように思う。お互いがしょっちゅう行き来しているから、まるで近所にいるみたいだ。

この本の中には淋しい話題が多かったから、きらきらした写真を撮ってほしかった。きらきらして、地に足がついていて、この世の美しさを祝福するような写真を。ちほちゃんはその期待の全てを理解し、すばらしい写真をいっぱい撮ってくれた。全部の写真を振り返ると、ここ数年の、いろんなことがあったふたりの思い出もみんなつまっていて、胸がいっぱいになった。

最後にはいっしょに九州に撮影の旅に行き、由布岳《ゆふだけ》を望むでっかい露天風呂に大の字になってつかったり、いっしょに道に迷いながら山奥の秘湯に行って、私の家族とみんなで湯上がりに涼しい風に吹かれたりした。最終日には高速を飛ばして大都会博多に降り立ち、中洲《なかす》の屋台街のイケメンたちを眺めたり、まだ陽がある夕暮れの明るい川に映るネオンを見たり、鉄なべ餃子を食べに行ったりした。

東京ではOちゃんのご両親の形見のカップの撮影をして、みんなで真昼の中華料理屋さんでちゃんぽんを食べたり、びわの撮影でうちの庭の狭くて蚊が多いところにわけいってもらった。ちほちゃんがびわの葉の写真を撮っているシャッター音が心地よくて、窓をあけたままうたた寝した私……。

どれもが思い出深い幸せな時間だった。

お互いのいいところも悪いところも知りつくしているから、遠慮なく話しても互いの魂への尊敬の心を忘れないでいられる私たち。

別々の国に拠点があるということは、やっぱり人生の最後の時期には、近所に住む人や家族に比べて少し早めに会えなくなるっていうことだ。それも順当に行けばの話で、事故とか病気とか、そんなつらいなにかがあって急に会えなくなることだってもちろんある。

ほんとうに、なんでもなく暮らしていることこそがすばらしいんだと思わずにはいられない。夜中にネットでチケットを手配したり、徹夜で空港にかけつけたり、ぎりぎりで荷造りしたり、そんなこととの全部が。

平凡で、切なくて、とにかくすばらしいこと。

私とちほちゃんもいつかあんなふうに、これが最後かもしれないと思うんだろう。

そのときがさりげなくやってきてほしいし、できれば陽気に過ごせたらいいと思う。

母たちと同じように必死で知らんぷりして、また次があるようにふるまって「またね」という挨拶をしたい。

そのときに私たちはあんな美しい顔をしているだろうか？　よれよれかもしれないけれど生き様が全部出た佇《たたず》まいを持っているだろうか。

そうであれたらいいと思う。

# 文庫版あとがき

この「文庫」という形、いつまで続くのだろう？

そして「単行本」はいつまであるシステムなんだろう？

「カラーの表紙」は多分端末がうまく対応するようになってまだまだ続きそうだが、ほんとうのところ予想はつかない。

こんな大きな変化の時代にいあわせていることに、ドキドキする。

そしてこのような「写真と文章のコラボレーション」がどんなに贅沢なことになっていくかと思うと、この本をしっかり出しておけたことが嬉しくなる。

千穂ちゃんの写真と並走してエッセイを書いたこの日々。

十七年生きた愛犬が亡くなり、すぐに震災があった。

両親と親友が相次いで亡くなってぽかんとしていた頃。

気持ちは低め安定であんまり大きく動いていなかったから、淡々とした日々だったと思っていた。でもこうしてふりかえるとなんとキラキラしているのだろう。

きっと人生とはそういう宝物に満ちているのだろう。

だからふりかえる時間はとても大切だ。

このエッセイ集をきっかけにして、読んだ人もみな、自分の人生の中にも宝はたくさんあったなあと気づいてもらえたら最高だと思う。

吉本ばなな事務所のみなさん、担当の壷井円さん、たくさんお手伝いしてくださりありがとうございます。

いつもまぶしくすてきな写真を世界中で撮ってくれた潮千穂ちゃん、ありがとう。

あの日、千穂ちゃんが泥だらけになって写真を撮ってくれたびわの木がある庭に、私はもう二度と入ることができません（借家でその後引っ越したから）。

でも、接ぎ木で持ってきた若い枝が立派な木になって、新しい家ですくすく育っています。

時間は流れる、そしてそんなふうに形を変えて何かがずっと続いていく。そう思います。

この、わりと衝撃的な事件が多かった時期のエッセイが、みなさんの人生の頼もしい友だちになってくれますように！

愛をこめて

２０１６冬　吉本ばなな

この作品は二〇一三年十月小社より刊行されたものです。

# 幻冬舎文庫

●好評既刊
## 人生の旅をゆく
よしもとばなな

人を愛すること、他の生命に寄り添うこと、毎日を人生の旅として生きること。作家の独自の経験を鮮やかに紡ぎ出す各篇。胸を熱くし、心を丈夫にする著者のエッセイ集最高傑作、ついに文庫化。

●好評既刊
## 人生の旅をゆく2
よしもとばなな

育児も家事も小説執筆も社長業も忙しく心がなくなりそうだった時。陶器のカップの美味しいコーヒーを車の中に持ち込み飲んでみたら、新しい風が吹いてきた。自分なりの人生を発見できる随筆。

●好評既刊
## ゆめみるハワイ
よしもとばなな

老いた母と旅したはじめてのハワイ、小さな上達と挫折を味わうフラ、沢山の魚の命と平等に溶けあうような気持ちになる海。ハワイに恋した小説家による、生きることの歓びに包まれるエッセイ。

●好評既刊
## スウィート・ヒアアフター
よしもとばなな

大きな自動車事故に遭い、腹に棒が刺さりながらも死の淵から生還した小夜子。惨劇にあっても消えない〝命の輝き〟と〝日常の力〟を描き、私たちの不安で苦しい心を静かに満たす、再生の物語。

●好評既刊
## もしもし下北沢
よしもとばなな

父を喪い一年後、よしえは下北沢に越してきた。言いたかった言葉はもう届かず、泣いても叫んでも進んでいく日々の中、よしえに訪れる深い癒しと救済を描き切った、愛に溢れる傑作長編。

## 幻冬舎文庫

●最新刊
**女の子は、明日も。**
飛鳥井千砂

略奪婚をした専業主婦の満里子、女性誌編集者の悠希、不妊治療を始めた仁美、人気翻訳家の理央。女性同士の痛すぎる友情と葛藤、そしてその先をリアルに描く衝撃作。

●最新刊
**骨を彩《いろど》る**
彩瀬まる

十年前に妻を失うも、心揺れる女性に出会った津村。しかし妻を忘れる罪悪感で一歩を踏み出せない。わからない、取り戻せない、もういない。心に「ない」を抱える人々を鮮烈に描く代表作。

●最新刊
**みんな、ひとりぼっちじゃないんだよ**
宇佐美百合子

だれかになぐさめてほしいとき、自分が変わりたいと思ったとき、この本を開いてみてください。あなたを元気づける言葉が、きっと見つかります。心が軽やかになる名言満載のショートエッセイ集。

●最新刊
**犬とペンギンと私**
小川　糸

インド、フランス、ドイツ……。今年もたくさん旅したけれど、やっぱり我が家が一番！　家族の待つ家で、パンを焼いたり、ジャムを煮たり。毎日をご機嫌に暮らすヒントがいっぱいの日記エッセイ。

●最新刊
**いろは匂へど**
瀧羽麻子

奥手な30代女子が、年上の草木染め職人に恋をした。奔放なのに強引なことをしない彼が、初めて唇を寄せてきた夜。翌日の、いつもと変わらぬ笑顔……。京都の街は、ほろ苦く、時々甘い。

# 幻冬舎文庫

●最新刊
## 離婚して、インド
とまこ

「そろそろ離婚しよっか」。旦那から切り出された突然の別れ。心の中ぐっちゃんぐっちゃんのまま、バックパックを担いで旅に出た。向かった先は混沌の国インド。共感必至の女一人旅エッセイ。

●最新刊
## 愛を振り込む
蛭田亜紗子

他人のものばかりがほしくなる不倫女、夢に破れた元デザイナー、人との距離が測れず、恋に人生に臆病になった女――。現状に焦りやもどかしさを抱える6人の女性を艶めかしく描いた恋愛小説。

●最新刊
## 女の数だけ武器がある。
たたかえ！　ブス魂
ペヤンヌマキ

ブス、地味、存在感がない、女が怖いetc.……。コンプレックスだらけの自分を救ってくれたのは、アダルトビデオの世界だった。弱点は武器でもあるのだ。女性AV監督のコンプレックス克服記。

●最新刊
## 白蝶花
宮木あや子

福岡に奉公に出た千恵子。出会った令嬢の和江は、愛に飢えた日々を送っていた。孤独の中、友情とも恋とも違う感情で繋がる二人だったが……。時代と男に翻弄されなお咲き続ける女たちの愛の物語。

●最新刊
## さみしくなったら名前を呼んで
山内マリコ

年上男に翻弄される女子高生、田舎に帰省して親友と再会した女――。「何者でもない」ことに懊悩しながらも「何者にもなれる」とひたむきにあがき続ける12人の女性を瑞々しく描いた、短編集。

すばらしい日々《ひび》

よしもとばなな

平成29年2月10日　初版発行

発行人――石原正康
編集人――袖山満一子
発行所――株式会社幻冬舎
〒151-0051東京都渋谷区千駄ヶ谷4-9-7
電話　03(5411)6222(営業)
　　　03(5411)6211(編集)
振替00120-8-767643
印刷・製本―中央精版印刷株式会社
装丁者――高橋雅之



幻冬舎文庫

ISBN978-4-344-42578-1　C0195　よ-2-25

幻冬舎ホームページアドレス　http://www.gentosha.co.jp/
この本に関するご意見・ご感想をメールでお寄せいただく場合は、
comment@gentosha.co.jpまで。